반지하 앨리스

반지하 앨리스

신현림 시집

민음의 시

237

민음사

시인의 말

> 존재한다는 것은 변화한다는 것이고
> 변화한다는 것은 원숙해지는 것이며,
> 원숙해진다는 것은
> 무한정 자신을 창조한다는 것이다
> ― 앙리 베르그송 『창조적 진화』에서

반지하 집에서 산 10년. 시집도 10년 만이다. 그사이 육체의 집도 반이 지하로 갔다. 늘 집 문제로 인생이 고달팠고, 존재하기가 죽을 만큼 힘들었다. 영혼 혁명이 필요했고, 혁명에는 기도하기, 책 읽기, 시 쓰기, 사진 찍기만한 것이 없었다. 딸과 나로부터 숨 돌리니 시가 쏟아졌다. 내게 혁명은 나를 넘어 남의 숨결을 느끼고, 남을 나같이 여기는 연민과 나눔이다. 하느님께 감사드리며, 정든 딸과 가족과 그리운 이들, 그리고 힘겹게 싸워 가는 동시대인들 앞에 이 시집을 바친다.

신현림

차 례

1부 팬티를 찾으러

2부 나는 자살하지 않았다

기억은 어항이
아니라서

반지하 앨리스

토끼 굴에 빠져든 백 년 전의 앨리스와
돈에 쫓겨 반지하로 꺼져 든 앨리스들과 만났다

생의 반이 다 묻힌 반지하 인생의 나는
생의 반을 꽃피우는 이들을 만나 목련 차를 마셨다

서로 마음에 등불을 켜 갔다

광합성 없는 나날

달이 달로 보이고,
바람이 바람으로 느껴지고
슬프면 슬프지 않게
햇살 넘치는 삶이 그리워
하루 햇빛 한 시간도 안 되는
끔찍한 반지하 인생
끔찍함마저 끌어안아야 어른이지
울지 않아야 어른인 거지

목에 꽉 찬 미세 먼지
어른이라 폼 잡는
인내의 고름 덩이
공장 굴뚝 같은 핏줄에
가득한 슬픈 연기 덩이

달이 달로 보이고
구름이 구름으로 느껴지게
햇살 넘치는 하루가 너무나 그리워

백 년 의왕 사람*

슬픔에 깊이 잠겨 봐야
백 년 인생을 알고
눈보라 치는 길을 가 봐야
추운 사람들을 잊지 않는다

감주같이 흐린 세상
감주 속 흰 쌀알 같은
눈보라가 나와 당신이어도
춥지 않게 지내길 바란다

이 겨울이 지나면
의왕 철로가(街)에 해가 구르고
마음 따스한 이들이
백 년 전 사람들을 기억하고
백 년, 천 년 후까지 달릴 철길을 잇고
기차 소리보다 그립게
봄꽃들이 피어날 것이다

* 사랑하는 고향, 의왕을 위하여.

여자들, 샬롬

샬롬, 너는 혼자서도 잘할 거야
남자랑 힘 합쳐 일하면 더 잘할 거야
하지만, 남자가 바뀌지 않는 한
빛의 꿀과 빵은 안 보일 거야
폭탄과 망치는 계속 늘어날 거야
여자를 남자의 그림자쯤으로 알면
세상은 하나도 안 바뀔 거야

세계사는 남자들의 세계사였고
예술사는 남자들의 예술사였고
문학사도 남자들의 문학사였다

전쟁을 일으키는 건 거의 남자였다
공정한 저울을 잃고, 사랑을 잃은
남자 속의 남자, 여자 속의 남자였다
샬롬, 샬롬, 왜 우리가 여기에 있지?
편 가르고, 짓밟으며 힘자랑하려고 사나
샬롬, 샬롬, 샬롬
힘자랑할 거면 닭장에서나 살라고 해

여자, 남자 따지려면 개나 되라고 해

샬롬, 샬롬, 우리는 잘할 거야
남자랑 힘 합쳐 더 잘할 거야
빵을 나누고 보살피는 손이
세상을 단단히 일으켜 세울 거야
비로소 사람이 되고
철조망을 녹이고,
벽을 무너뜨리는
사랑이 터지고 말 거야

사랑 밥을 끓이며

내 눈물은 빚더미 속에서 사는 법을 배운다
내 발은 사막을 건너는 법을 익히고
내 길은 무엇을 잘못했나 살핀다

내 생의 반은
실수와 부끄러움으로 얼룩졌다
꿈이 흐르는 길을 잃고
일만 하느라 사랑도 잃고
나는 살아도 산 게 아니었다

뒤늦게 일으켜 세우는 법을 익히고
어두운 몸에, 새 봄을 지피고 있다
혼자여도 쓸쓸하지 않고
함께라면 누구도 부럽지 않게
꿈의 아궁이에 해를 넣고
사랑 밥을 끓이고 싶다

내 마지막 사랑과 밥
당신들에게 다 나누어 주겠다

오늘만큼은 함께 있고 싶다

악수밖에 안 했는데
내 몸에서 살다 간 듯이
당신 손자국이 남았다
딱딱한 빵처럼 당신 손이 슬펐다

나 같지 않은 나
당신 같지 않는 당신
다른 세상, 다른 시간으로 헤어지기 전에

남극처럼 추운 이곳에서
얼어 죽을지도 모르지만
오늘만큼은 함께 있고 싶군요

기억은 어항이 아니라서

기억은 어항이 아니라서
어항이 되어 사랑의 역사를 담고 싶어 해
세상에 사랑 주며 떠난 사람들의 역사를

어디에서 왔는지 묻지 않기에
어디로 가는지도 모르는 이들이 느는 시대에
우리가 물고기인지 사람인지도 잘 모르는 시간에
다치지 않고, 아프지 않으려고
쉽게 만나고 쉽게 헤어지는 시간에

죽은 지 33년이 지나도 그 아들과 사는 어머니
헤어진 지 3년이 지나도 그 애인과 사는 사내
죽은 남편 따라 무덤의 제비꽃으로 핀 아내
사랑하는 이들을 가슴에 다 담지 못해
죽어서도 그의 은어 떼를 품고 싶어 해

기억은 어항이 아니라서
어항이 되고 싶어
정든 추억을 품고 싶어

흔들리고 싶어
천천히
모우빌처럼

사랑을 잊은 남자

내일 밥값도 못 버는데, 밥값은 거품처럼 늘어났다
자살 테러 소식은 세금 고지서처럼 쌓여 갔고
세탁소도 모른 채 생계형 자살자들은 쉽게 사라졌다
잊는 건 얼마나 많은지 역사를 잊고 키스도 잊고
일에 빠지면 사랑을 잊고 만다
사랑을 잊은 남자가 섹스를 잊은 여자를 지나쳤고
섹스를 잊은 남자는 외로움을 뛰어넘으려
설탕 공장인 줄 알고 빠진 곳이 쓰라린 바다였다

울 수도 없이 눈물도 잊어 갔다.
팔은 발을 잊었고, 다리는 머리를 잊었다
무엇이 이토록 잊게 만드는 걸까
상처일까 외로움일까 내일 밥값일까

시도 성서도 안 읽기에
영혼 부패 속도는 더욱 빨랐다
책이 방부제인 줄 모르고, 곰쓸개, 개고기를 찾으며
개소리나 하는 남자는 바다 세탁소를 영영 잊었다
구하지 않으므로 바다는 출렁이지 않았다

잊었으므로 흰 종이 더미만 하늘로 날아갔다
밥값이 없어 굶는 이들은 지구 밖으로 내쫓겼다
무엇이 소중한지 모른 채 자꾸 잊어 갔다

맨홀 뚜껑을 열고 나오다

고양이 구름이 뭉게뭉게 피어올랐다

고양이가 태어나 죽는 세월만큼
15년이 금세 갔다
15년 애를 키우고 나니
맨홀 뚜껑이 우산처럼 떠올랐다

나를 못 알아보는 이들이 많았고
세상이 많이 바뀌었고
사람들은 작아지고 있었다

인형들처럼 말이 없었으나 패싸움을 하고 있었다
네 편, 내 편 나뉘어 줄을 서고 있었다
더는 공정한 정의의 깃발도 펄럭이지 않았다
흉기만 들지 않았지, 매일이 무서운 쓰레기 투하장이다
경쟁의 오랏줄에 묶여 인형 같던 사람들은
쓰레기가 되기 싫어
각목처럼 단단해야 했다
여린 속살은 감춰야 했다

골목길마다 고양이는 쓰레기를 뒤지며
깨진 유리처럼 울었다
나는 지루한 구두를 하늘로 던지고
사라져 버린 들판을 향해 맨발로 걸었다

잃어버린 나라의 사람들에게

— 소녀상 곁에 소년상도 있길 바라며

신현림, 「Apple Travel, Mokpo, Korea」, Inkjet Print, 2016.

살아서 죽었던 당신들은 다시 살아 행복하라
살아서 매맞던 몸은 다시 싱싱하게 펄럭이고
산 채로 태워졌던 몸은 되살아 꽃피어라
꽃피거나 시들거나 아픈 몸은 더는 아프지 말라

살아서 누리지 못한 기쁨을 누리고

살아서 갖지 못한 집과 음식을 즐기라
살아서 품지 못한 사랑을 품으라

꿈의 강둑이 무너지고
쉴 집이 날아가고
잃어버린 나라의 사람들아
아픔도 슬픔도 연기처럼 흩어져 가라

알을 굴리며 간다

신헌림, 「Apple Travel, Seoul, Korea」, Inkjet Print, 2017.

어쩜 이리도 희고 따스할까
과거에서 흘러나온 꿈인지
커다랗게 부풀었구나
고구려나 신라 시대가 아니라서
알에서 사람이 태어나지 않지만
알은 매끈매끈한 사람의 피부야

이 무서운 세상에 그 얇은 껍질은 위험해
모피 알 정도는 돼야 안 다치지
알 속의 시간들이 흩어지지 않게

내가 살살 굴릴게

내가 보는 동안만 알이겠지

내가 사는 동안만 굴릴 수 있겠어

11월의 사람들

날개도 없으면서 날고 싶다
미칠 수도 없으면서 미치고 싶다
죽지도 못 하면서 죽고 싶다
너는 되풀이 말만 한다

홀로 밥과 물을 나르기도 힘겨운
겨울 사람들은
사랑마저 쇼윈도 고급 옷만 같아서
겨울바람이 불 때마다
지렁이처럼 울었다

가난에 시달리며
비루한 노동으로 울지 않으려고
겨울바람이 불 때마다
걸레처럼 축축한 자신을
빨랫줄에 널곤 하였다

바람 부는 날

바람 부는 날이 좋다
바람이 바람을 부르며
머큐롬보다 붉게 불어 간다
상처 입은 사람이 작아지지 않게
어디든 날아갈 수 있게
외투를 가득 부풀려 놓는다

나만 힘들다 여기면 더 아파지고
더 힘든 이에게 미안해서
바람 붕대를 감고
창을 열어 둔 채로
나도 눕는다

일어나기 싫어, 밥도 먹기 싫어
고요히 누워 있으면
바람이 내게로 쏟아져 온다
잃어버린 꿈이 되살아난다

거리에 알들이 천천히 굴러다닌다

가난의 힘

나를 바꿀 기회, 복권을 사 본 적도 없다

사내 냄새는 맡고 살아야지 하고는 일하다 잊었다
해를 담은 밥 한 그릇이 얼마나 눈물겨운지
쌀 한 줌은 눈송이처럼 얼마나 금세 사라지는지
살아가는 일은 매일 힘내는 일이었다

생각을 많이 한다고 생각이 깊어지지 않지만
내일은 힘들지 않으리라 생각하며 일한다

온 힘을 다해 일하는 모습은 주변 풍경을 바꾼다
온 힘을 다해 노을이 지고 밤이 내리듯
온 힘을 다해 살아도 가난은 반복된다
가난의 힘은
그래도 살아가는 것이다

촛불 비단길

사람이 그리워
죽은 이들은 꽃으로 피는 걸까
어둠 속에서 주황 촛불을 흔들며
피는 꽃은 누구의 혼일까

흰 꽃 날리는 봄이면
외로움이 달콤해지도록
새 구두를 만들었다

흰 꽃 펄펄 날리는 봄이면
막힌 길이 보이고
구두가 따스한 배가 되도록

촛불 들고 세상 바뀌도록
우리는 광화문 앞길을
참 많이 걸었다

1부
팬티를 찾으러

여자라는 외로운 여자

하늘 멀리 나는 새를 보며
더욱 강해지기 위해
바람 부는 길 위에 섰다

골고루 똑같지 않은 세상
외롭지만 외로움으로 빛을 찾고
힘겹지만 힘겨움으로 힘을 찾고

더 낮게 자신을 바꾸고
세상을 바꾸고 싶어
압박붕대보다 단단히 길을 갔다

여전히 남자들의 구역에
죽어 가는 새들이 쏟아지고
하늘 가까이 나를 깨우며 갔다

나도 알고 보면 좋은 사람*

등산하면 하산을 하고,
출세하면 말세가 오겠지
섹스가 끝나면 이별 빤스가 뒹굴고
여전히 여자가 살기 피로한 조국에서
사랑의 술잔은
한강에 띄우고
운명적인 결혼을 더는 기다리지 않는다

그렇다고 남자 기피증 환자는 아니야
남자가 태양같이 쏟아질 때
섹스를 좋아한 때가 있었다
애도 여섯은 낳고 싶었다
차라리 혼자가 편하다고 말할 때조차
너무나 멋진 놈이 그리웠다

정드는 게 두려워 고양이와 개도 안 키우는
나는 알고 보면 좋은 사람
알수록 책임감 강한 사람

세상이 지겨워지면 다시 살려고
늙은 새 노래를 틀었다
늙어 가는 슬픔은
아궁이에 처넣어 버렸다

* 시 쓰는 동안 애니멀스의 「Don't Let Me Be Misunderstood」,
  스콧 맥켄지의 「San Francisco」와 스모키의 노래 바퀴가 굴러갔다.

팬티를 찾으러

팬티가 어디 갔지
그 튼튼한 면 팬티가 없으면 나갈 수가 없다
팬티 공장에 다니는 그녀가
팬티를 잃는 건 몰락이다
신분 상승도 힘든 그녀라
팬티 공장으로 가기 위해
팬티를 입어야 한다

가다가 성폭행당할 위험도 있고
가다가 주머니에서 돈이 쏟아지듯
따스한 물이 흘러나올지 몰라

팬티 없이 원피스만 입는 건
가을바람이 그녀의 골짜기를 쓰다듬는 일이며
색다른 애무에 젖는 일이며
사내 없이도 새로운 쾌감에 들뜰 기회지만

쾌감보다 중요한 건 안전이다
그녀의 안전은 팬티로부터 온다

팬티 없이는 미래도 없기에
온 방을 뒤집어 엎었다

팬티를 찾으러

노브라, 노 프라블럼

브래지어는 물고기 부레를 닮아서
바닷속으로 보냈지

나는 해를 사모하여
맨 가슴에 햇살 날개를 달았지

노브라, 노 프라블럼

모피 코트를 입은 남자

모피 코트를 입은 당신
동물의 시체를 입고 계시는군요
아무리 향수를 뿌려도 시체 냄새가 나요
그깟 모피 코트는 와인과 같지요
취하고 싶은 거죠. 밍크 코트, 여우 털목도리
털옷을 입지 않을 때도 멋졌어요
당신은 여우 털 코트를 입고 번드르르해 봬도
사람 냄새가 없어졌네요

진보란 필요 이상의 물건이 계속 늘어나는 건가요
자꾸 살육하고, 밀림을 밀어 버리는 일이
우리 모두 죽이는 걸 잊었어요
푸른 바람, 꽃 지는 눈도 흐려져 가요

다리미는 키스 중

사람은 어디론가 가고 있으며 어딘가에 이른다
그는 사랑의 골짜기로 가고 망각의 오르가즘에 이른다
서로의 손은 뱀처럼
머리끝에 오르고 발끝까지 이른다
뗏목은 바다에 이르고
기차는 정거장에 이르고
뼈와 뼈는 흙에 이를 때까지
이를 수 없는 곳까지 삽처럼 덤빈다

으으, 그가 밥그릇에 물을 쏟자
그녀는 설거지 걱정이 지워진다
그는 다리미가 되고
손전등이 되어 그녀의 어둠을 지워 간다
그는 생계를 걱정하며 생계를 잊는다
으으, 바이올린이 되는 자신을 그녀가 어루만져 주기를
바란다
으으, 그녀의 운동장에는 자신만이 뛰고 있다
갈 곳은 집밖에 없듯이 몸이 고단해도
그녀를 눈사람처럼 뭉개야 한다

눈 더미처럼 미끄러져 내려야 한다
본능의 깃발이고 습관이므로 서까래처럼
무거운 스트레스까지 무너뜨린다
으으, 그녀를 흔들고 다리미로 짓누른다
으으, 짓눌러서 재우고 다시 일으켜
그녀의 개울물에 몸을 씻고
일할 수 없는 날까지 일해야 한다

아무리 생각해도 그가 할 수 있는 일은
인류의 평화를 위해 섹스 중이고
섹스하고 싶다고 말하려는 참이다
으으, 그는 제비 새끼처럼 날고 싶어 한다
독도는 한국 땅 아베마리아를 노래 부르면서
실수한다 니혼진은 실수하고,
으으, 조국의 돈만 아는 놈들도 실수한다
제주도 반은 중국인들이 먹었다
파멸도 죽음도 작은 실수가 만든다
책 한 줄 안 읽고 죄의식도 없이
살아 있음의 송구함도 없이

정신 못 차리고 가는
이 빌어먹을 세상에
진실이 무어며 망각이 무어냐

다리미는 키스 중이다
펄프가 나무가 될 때까지
달걀 프라이가 알이 될 때까지
내가 네가 될 때까지
좆이 촛물이 될 때까지
활활 타는 초가 될 때까지

한국의 여자라서
— 딸에게

한국의 여자라서 막막한 철문이 늘어서도
다 뛰어넘어야 한다 남녀 모두에게
기회의 등불을 골고루 나눠야 해
세상의 역사란 남자들의 역사였다
다시 정리하고 바꿀 역사란다

북한과 아프리카에서 굶는 애들을 생각해서
쌀알을 눈물이라 여기고 감사히 먹으렴
단어 하나를 물고기라 여기며 낚시하듯 영어 공부하렴
협박하며 널 키운 것 같아 미안하다
나중에 애 낳음 뼈아프게 알 거란다

밥 말리의 노 우먼, 노 크라이를 같이 불러 보자꾸나
힘없는 여자들이 더는 울지 않는 세상이면 좋겠구나
남자들이 세운 슬픈 철문마다
하느님의 사랑으로 녹이자꾸나
바다풀같이 몸을 흔들자꾸나
노 우먼,
노 크라이를 부르며

Don't Cry 베이비 박스

이대로 사라져도 그만이라 생각될 때가 있어
살림과 잡일하며 홀로 늙어 갈 때
애랑 씨름하다 지쳐 쓰러질 때
눈이 시리게도 나는 쓰레기
슬프게도 혼자 축 늘어진 시레기

혼자 키울수 없는 엄마의 아가들이
베이비 박스에서 매일 우는 걸 아나
고아원도 아니고, 교회 베이비 박스에서
버림받은 아가 우는 소리를 들어는 봤나
피자 한 판처럼 따끈한 죄악 덩어리 세상에
지글지글 끓는 사이렌 소리를

원하지 않아도 버리고 버림받는 인생살이
세상은 버려진 이들의 울음 박스
버려졌고, 버려졌다고
느끼는 이들의 울음 박스
새드 피플 박스
베이비 박스

Don't Cry 베이비 박스

쿨한 척하는 디지털 당신

이 시대 향기는 서둘러 날아간다
서둘러 태어나서 자라고
서둘러 입 맞추고 섹스 꽃을 피우고
서둘러 헤어진다 아니다 상처가 두려워
서둘러 만나지도 않고 혼밥 혼술족이 늘 뿐이다
서둘러 아파트가 재개발 단지로 바뀌듯
서둘러 얼굴을 재개발한다
서둘러 스마트폰 새로 갈고 또 갈고

서둘러 모든 향기는 날아간다
페북 게시물도 올리면 서둘러 사라지고
속도에 숨 막히면서도 남들이 달리므로
서둘러 당신도 달린다
당신은 없고 가방과 외투만 달린다
서둘러 모든 향기는 날아간다
서툴러서 서두르는 인생을 사는 건지
서두르다 보니 서툰 인생이 되는 건지

디지털 시대 적응하려 애쓰는 당신과 나

쿨하지 못한 디지털 당신과 나
속이 썩어 문드러져도
쿨한 척하느라 고생 많다

서둘러 꺼져 가는 향기 속에서

2부
나는 자살하지
않았다

외로움도 엿같이 달게 먹는 날

성탄절은 솔로들에게 가장 외로운 날
그 외로움도 엿같이 달게 먹는 날
온종일 일만 하던 나는
울 수도 없는 사람들 사이로 걸으면서
혼자 걷지만 혼자 걷지 않는다고 생각하면서
치명적인 연말 소주를 퍼마셔도 죽지 않으면서
평생 솔로였던 예수님과 함께 바다 끝까지 갔다

메리 크리스마스!
머리맡의 산타 편지를 보며
눈물 속에 불빛이 타올랐다
그래, 그래,
우리는 사랑하고 있구나
서로 사랑을 전하려 살아 있구나

외로움도 엿같이 달게 먹는 날

절망

언제까지 이렇게 살아야 할까
언제까지 이렇게 제자리걸음일까
매미 소리처럼 아픈 노래나 흘리며
나는 어디로 가는 걸까

노을이 잘 보이는 언덕에 서고 싶어
은하수 펼쳐진 꿈을 보고 싶어
울음이 울음으로 끝나지 않게
슬픔이 슬픔으로 끝나지 않게
한 우물 더 깊게 파는 날
도망가고 싶어도 도망치지 못한 나날
사랑하고 싶어도 사랑 못 하는 나날

다리미처럼 뜨겁게 울어도 비가 내리지 않아
터널처럼 어두워도 해가 뜨지 않아
나는 너에게 가지 못한다
목메게 네가 그리워
다시 너에게 간다

인사동 입구에 술 취한 청년이 쓰러져 있다

인사동 입구에 술 취한 청년이여
7포세대여
조국은 모든 꿈과 길이 다 막힌 듯하다
경찰이 와도 일어나지 마렴
나도 함께 난파선처럼 쓰러지고 싶었다

쓰나미 폐기물까지 수입하는 우리나라
사랑하는 바보 같은 우리나라
하고 싶은 말은 다물어야
입에 풀칠한다는 친구의 말에
아무 말도 못 하는 나

언제까지 SNS 곳곳에 자랑질을 하고
나를 삐라처럼 뿌려야 하는지
한 방에 암살해 버리고 싶었다
구질구질하게 숨쉬는 나를

그저 한 큐에 터져 버리고 싶었다

당신 없는 가을

꽃이 춤추려 바람이 부네
쌀이 익으려 불이 꽃피고
나비와 모란을 그려
이쁜 부채를 선물하려는데
당신이 없네
당신이 없는 나날이네

가을을 가출로 잘못 쓰고
거울 속으로
가을 속으로
꺼……져 버리고 싶네

당신이 없는 가을
당신이 없는 나날

나는 자살하지 않았다 1

서른 번째 생일날에 나는 자살하지 않았다
마흔 번째 생일날에 나는 자살하지 않았다
개구리가 셰익스피어를 이해할 수 없듯이
네가 나를 이해 못 하고
내가 너를 이해할 수 없어도
우리라는 구름 울타리가 있어 자살하지 않았다

사람처럼 키스하는 산비둘기 보며
인생이 신기하고 궁금해서 자살하지 않았다
커피 향과 따순 밥이 너무나 맛있어 자살하지 않았고
꽃과 나비와 해와 바람을 선물받고
세상에 진 빚을 갚지 못해 나는 자살하지 않았다

자식을 키워야 해서 자살하지 않았고
쓸쓸한 나와 같은 너를 찾아
슬픔에 목메며
슬픔의 끝장을 보려고
나는 자살하지 않았다

'나만 왜 이럴까'란 이름의 우물

두통에 시달린 머리통을 연탄처럼 깨부수고 싶었죠
두통을 잊으려 허다한 나날 파스를 붙였죠
무엇보다 괴로운 건 남은 멀쩡한데,
나만 왜 이럴까,
나만 왜 이럴까,
나만 왜 이럴까 하는 우물에 빠져들며
우울의 붉은 깃발만 펄럭였어요
자신을 놓아 버리는 능력이면 살 텐데
정성 다해 기도하며
온몸에 햇빛 받고 쏘다니면 다시 태어날 텐데
온몸에 퍼져 드는 보약 같은 햇빛이면
오래 아픈 일들은 다 잊을 텐데
독을 품은 오기라면
지극한 사랑이면
지긋지긋한 그리움이라면

그만 일어나렴
― 나는 자살하지 않았다 2

너는 단지 취했다
슬픈 그물에 걸려
잊고 싶고, 누군가 네 손을
잡아 주길 바랐다

불운은 네가 일어나지 못할 때
우울한 골짜기에서
오는 손님이니
그만 일어나렴
이제 거친 바람은 견딜 만하고
눈물은 내일의 등불이 될 것이다

빛이 춤춘다
꿈이 솟구친다
돌고래가 하늘 위로 솟아오른다

절망의 옷을 벗겨 줘
— 나는 자살하지 않았다 3

옷을 벗겨 봐
원하는 것을 찾아 봐
여기 살이 있어 뼈가 있어
뼈만 보이는 슬픔이 있어
네가 키스하려는 모란꽃 가슴이 있어
모란꽃도 아니고 빵도 아니고 살도 아니야
뼈를 꺾어 배를 만들고 집을 만들
그저 장작이야 그저 무너질 집

나는 나만이 아님을 깨닫게
비좁은 우물 속에서 나를 꺼내 줘
절망의 이 옷을 벗겨 줘
무력감에 찌든 살과 뼈를 태워 줘
물고기처럼 바다 위로 솟아올라
다시 펄펄 살아나
살
아
서
하늘 끝까지 튀어 오르게

세 평 시 정류장

21세기 동화

날마다 로또 삼천 장 사며 그는 말라 갔습니다
장작처럼 흐느끼다 하얀 뼈만 남겼습니다
1년이 되도록 아무도 몰랐습니다

21세기 시 문학사

시인들이 많아 누가 누군지 모른다
출판사와 잡지라는 마을 회관 주민이
이 시대의 시인이다

외로움이 목도리처럼

달리지 않으면 생을 잃어버릴 것만 같았지
나를 놓아 두고, 잠잠히 쉬어 갔다
외로움이 목도리처럼 풀어져 내렸다

푸른 꽃잠

봄 속에 파묻히고 싶어
서로의 곁을 지키고
푸른 꽃바다, 꽃잠을 자고 싶어

웃음 목공소

빛이 그리우면 빛으로 가고
싱그러움이 그리우면 숲으로 가고
웃고 싶으면 당신 가슴 웃음 목공소를 찾고

너는 섬이 아니다

너는 섬이 아니다
레고 조각같이
우리는 가까이 이어져 있다

망설이는 너

갈까 말까 망설인다
떠날까 말까 망설인다
망보지 말고 낭떠러지도 질러가 봐

가짜 모피면 괜찮아

가짜 모피 한 벌 오만 원
환경 파괴도 안 하고 사랑받는 기분
애인 한 벌 구한 이 따스함

바람수저

금수저인 어린 날 10년이 있었고
지금은 흙수저라고 당신이 말할 때
나는 바람수저라 말한다

제습기는 애인처럼

언제 그리 눈물을 많이 흘렸을까
홍시보다 빨간 해를 안으면
우린 즐거운 이별이야

일만 명 블랙리스트란 자살골

태양이 축구공인 줄 아니 또라이 새끼
어느 때인데, 서쪽 하늘이 벌써 새까맣잖아
소 새끼도 웃잖아

부처님 오신 날
가톨릭 신자라도 나는 산사의 불빛이 좋아
법고 소리가 좋아 부처님 말씀이 좋아
서로 다름을 귀히 여기면 험한 길도 비단길이야

바퀴

남 술 마시고 섹스할 때 나는 일했다
미치도록 뜨겁게 어디든 굴러가는 바퀴였다
한 부모 가장은 잠자면서도 일한다

낭떠러지 많은 여행길

당신을 생각하며 힘을 얻습니다
조금씩 강해지는 나를 지켜봐 주세요
제 곁에 은행나무같이 오래 남아 주세요

펠릭스 곤잘레스 토레스

구름 낀 하늘을 나는 새
새 사진 수백 장을 쌓은 예술가 펠릭스
인생은 허공에 세우는 파워 펠리스

휴전선 아래 하얀 아스피린

이제 끝났으면 바라는 전쟁터
평북 선천 외가댁으로
하얀 아스피린 같은 눈이 휘날려 갔다

홀로 즐겨 산다

창가에 하얀 돌이 달이더라
기다리다 돌이 되기도 하니
기다린다는 생각도 잊고 홀로 즐겨 산다

목련 차 선물

물 속에서 목련꽃 웃음이 번져 가네
세상에서 제일 매혹적인 목련 차 향기
후배가 만든 엣지 있는 선물

가까이 끌어당긴다
— 아우 신동환 병원을 위하여

먼 하늘을 끌어당긴다
별과 바람도 가까워진다
아이처럼 느긋하게 사는 법을 배운다

미사 시간
— 노숙자들께 밥 나르는 정동 국밥집 교회를 위하여

기도하는 마음 속에 태풍은 없다
슬픔은 훨씬 높은 곳에 있다
축복하고 기도하는 발 아래 꽃구름이 가득하다

당신 없이 잘 사는 법

당신을 생각하면 바다가 생각나요
젤리 물결이 되어 부드럽고 끈끈하게
저를 묶어 갔죠 절대로 헤어지는 일이 없게

당신의 모든 게 갖고 싶었어요 눈도 입술도
입속의 혀도 몸을 칭칭 감은 노끈 같은 다리와
먼 수평선이 지워질 포옹을요

당신이 옷을 벗을 때 근사하다고 생각했어요
커튼 새로 스미는 햇살 비단에 감싸인 누드
알몸이 보일 때까지 바라보는 게 좋았죠
옷 벗을 때의 공기, 그 흐름을 느끼고
슬프고 힘든 일은 잊었더랬어요

서로가 떠나간 후
멀어져 가는 버스나 기차를 봐도
아프지 않으려고 많이 아팠어요

이제 당신 없이 잘 사는 법을 터득하며

남녀의 국경선을 뛰어넘어

고단한 이들에게 노을 같은 꽃을 건네며 잘 지낼게요

다시 힘내자고, 다시 사랑하자고

붉고 뜨거운 소나기 박수

3부
반지하 앨리스

눈보라가 퍼붓는 방

눈보라는 방에도 퍼부었다
몸까지 들어찬 눈보라를 토하였다
자식과 살아남기 위해 필사적으로 눈을 밀어냈다
눈보라는 자세히 볼수록 흉기였다
눈보라에 베이고 파묻혀도 나는 타오르고 싶었다
나를 태워 눈보라에 갇힌 나를 잊고 싶었다

눈보라가 언제 걷히나 언제 빛이 보이나
눈보라를 설탕이라고 쓰자 달콤해지기 시작했다
힘들다 씀으로써 나는 조금씩 마음이 편해졌다
빛이 보인다고 씀으로써 빛이 느껴졌다
누구나 살아남기 위한 죄수의 인생이라 나를 타일렀다

눈을 감으면 나 자신이 풍경으로 보였다
눈보라를 멀리 보기 시작했다
눈보라 속에서
해가 펄펄 끓고 있었다

내 혼은 밤 고양이야

서른 살에 고향을 탈출해 열여덟 번 이사 다녔어
집 한 채 세우는 꿈을 꿈으로 끝내야겠어
꿈 한 채 부서뜨리는 전세가, 번개 치며 오르는 물가
두 발을 말뚝 박을래 차라리
내 몸이 집이 될래 무덤이 될래

집이 무덤 속이야 매일 자고 싶거든
벌꿀 같은 잠은 쏟아지는데,
내 혼은 온 동네 돌아다니는 밤 고양이야
쓰레기나 뒤지니 나를 내쫓아야겠어
누가 좀 날 좀 내쫓아 줘
이미 내쫓겼구나 나만 몰랐어

빚지는 거 죽는 걸로 알고 살았는데,
빚내서 환한 방을 구할까 환한 방서 살면
사람다워질까 사랑스러워질 수 있을까
아, 시바르

윈터 와인

어디로 갈까 어떻게 할까
무덤 한 삽 깊게 판
반지하 집에서 죽음의 경전을 읽으며
그는 반가사유상처럼 고요히 앉아 작은 창을 보았다
더 잘 살기 위한 경전만큼 날은 흐렸다
반지하의 우울보다
혼자 있는 편안함을 음미하며
서머 와인을 들으며 손님을 기다렸다

어디로 갈까 어떻게 할까
라디오라는 오래된 무덤에서
흘러오는 팝송은 와인 맛보다 붉고 진했다.
카페 건물은 몇 겹 껴입은 외투처럼 든든했다
전쟁이 나도 방공호가 따로 없고
창문만 닫으면 왕릉이었다
고대로부터 몰려오는 눈보라도 무료였다

어디로 갈까 어떻게 할까
텅 빈 주머니를 걱정 말며

조급해도 느린 리듬에 실려

오래 깊이 산 이들 이야길 듣고 싶다

어디로 갈까 어떻게 할까

물음 주머니

내 인생은 온갖 물음으로 만든 주머니였다
물음이 울음으로 끝나지 않게 묻곤 했었지
결혼도 사랑도 하기 고단한 나라에서 우리는 무엇일까
언제까지 서로의 피난처가 못 되고
서로를 믿지 못하고
서로를 인정하지 못하고
밀어내는 눈보라 소리를 낼까

페북, 인스타그램 등 SNS 무대에서
언제까지 나를 알리고, 팔아야 하나
우리는 SNS 무대가 아니면 만날 수 없는 생을 살고
쇼핑백 무덤에 간편히 누워 장례식을 치르고
명복을 빌어야 할지 모른다
돈이 있으면 예전에는 그냥 부자구나 했는데,
돈이 있으면 이제는 존경하고 부러워하는 세상이 되었다

8년 일해 번 돈을 잃고
8년째 반지하 방을 못 나오는
나를 화살처럼 날려 버리고 싶다가도

살기 위한 모진 주먹들이
꿈꾸는 걸음들이
제대로 사랑하기 위한
몸짓이어야 함을 이제는 아네

지구가 회전의자처럼 빨리 돌고,
어느 곳이든 썩은 냄새가 난다
아무리 일해도 나아지는 게 없고
아무리 달려도 제자리걸음에
내 주머니에 흐린 눈물만 가득하다

요즘은 가는 곳마다 벼랑 같아
뭘 어찌해야 할지 모르겠다
물음이 울음으로 끝나지 않게

나 대신 비명을 지르며 유리창이 흔들린다

아, 아프다고 외치지도 못하는 저녁에

반지하 방에 내리는 눈

송파구 세 모녀는 고양이와 함께 숨졌다
반지하 집 마지막 월세를 담은 봉투에 '미안하다'고 적혀 있었다

흰 눈이 반지하 단칸방에 내렸다
당뇨와 고혈압에 시달린 언니
신용 불량자인 여동생과 엄마 몸 위로
꽃가루보다 슬픈 눈이 내렸다

달빛 드는 비상구도 없고
손잡아 줄 누구도 없었다
아무 일도 없던 듯이

싸늘한 반지하 방을
흰 눈 모포가 덮어 갔다

장마

식탁 밑으로 물소리가 흘렀다
강가의 모래도 흘러 들어왔다
해가 뜰 일이 아득했다
서울은 낮인데도 어두웠다

먼 빙하가 녹아 내 집까지 들이닥쳤다
책과 앨범까지 젖어 둥둥 떠 갔다
꿈도 달도 떠 갔다
다행히 집 기둥은 안전하였다
더 큰 물이 들이쳐 내가 사라져도
이 터는 남을 것이다

해가 뜰 일이 너무나 아득하였다

헬프 미

이 집 저 집 싼 집 찾아다니다
흔들리지 않으려다 흔들린다
추운 방풍 비닐같이 몸은 떨고
페북 이 방 저 방 다니다
마음 누일 곳 없이 흔들린다
쉬지 못해 쉼 없이 흔들린다

헬프,
누가 나를 불러 주길 바라지만
헬프,
울 수도 없이 울기 싫지만
헬프, 헬프
말할 수 없이 말하기 싫지만
헬 조선이라는 욕설처럼 나는 흔들린다
아프고 지친 마음이 고드름처럼 흔들린다
고드름보다 슬프게 녹아 떨어지는
헬프 미 헬프 미
헬프 미

섹스에 대한 생각

한 아이가 내게 질문했다 섹스가 뭐예요? 엉? 빨개진 얼굴로 한 번도 못 해 봐서 모르는데 하려다 이렇게 말했다 "애들은 부모나 어른들이 돌보지만, 어른들은 혼자 이겨 낼 일이 많아 춥고 슬플 때가 많단다 그때마다 숨을 곳이 필요해 가장 따스하다 느끼는 곳에서 소꿉놀이하며 논단다 남자 여자가 진짜 많이 좋아하면 그게 더없이 좋은가 봐 '섹스'란 이름이 섹시해서 사람들이 많이 좋아하지" 아이는 눈을 빨간 사탕같이 굴리며 또 물었다

섹시는 또 뭐예요?

혼자 산지 너무 오래돼서 잊었단다 하려다 도저히 답이 나오지 않았다 하늘에는 빨간 구름이 흘렀다 사탕보다 달콤하고 슬픈 노을빛이 쏟아졌다

반지하 앨리스의 행복

보일러만 켜면
방은 따스한 알이야 알 속은
볏단 같은 몸 간신히 뉘여도
얼마나 다행인지 몰라 주인이 나가래서
다녀 보니 월세밖에 없다
흙먼지 토할 희망도 없다

살아갈 날은 자꾸 줄고
누구나 잠시 텐트 치고 가는 거니까
바람에 떠는 달개비처럼 불안해도
슬픈 일을 음미하면
어떤 흥미로운 일이 생길지 몰라
흰 토끼가 지나갈지도 몰라
창밖에 흰 눈이 펄펄 내려

슬픔 없는 앨리스는 없다

매일매일이 축제이니
우울해하지 마
각설탕같이 움츠러들지 마
설탕 가루 같은 모래바람이 휘날린다
피로감이 끈적거린다

슬픔 없는 해는 없다
슬픔 없는 달도 없다
사랑한 만큼 쓸쓸하고
사람은 때에 맞게 오고 갈 테니

힘들어도 슬퍼하지 마
어디에 있든 태양 장미를 잃지 마
너를 응원하는 나를 잊지 마

4부
혁명을 꿈꾸는
사람

우린 똑같은 사람이다

나는 해진 신발이다 아무 쓸모없고 슬프다
아무도 모르고, 아무에게도 갈 힘이 없다
나는 안개에 젖은 나무이며
아무것도 넣고 싶지 않은
텅 빈 자루다

어쩌다 몸은 자신감을 잃었는가
빨리 도는 세상을 따라가지 못해서인가
롤러코스터를 탈 때처럼 구토증이 인다
어찌 바뀔지 모르는 내일이다

우린 똑같은 사람이다
시멘트 계급장을 갈아엎고
뛰어넘고, 갈갈이 찢겨져도
희망 불꽃을 만들어야 사람이다
이제 다시 시작해 보라
다시 불을 지펴 보라

살아 있는 이유

신현림. 「A Hidden Apple, Seoul, Korea」, C-print, 2017.

가장 따스한 애정이
건네는 달빛 속에
당신과 내가 있고
촛불 파도 속에서
살아 있는 이유를 본다

마음을 다해 핀 촛불 꽃을 본다
어느 수도사의 말을 읊는다

누구를 만나든 더 행복하게 하라
누구를 만나든 더 행복하게 하라

내 마음은 혁명 중

윗물이 말하길 "너희는 떠들어라. 우리는 한탕 치고 갈
테니……"
윗물이 말하길 "너희는 눈감아라. 우리는 두 탕도 치고
갈 테니……"
윗물이 당신들이면 바라보라
가난한 아이들이 밥을 굶고
베이비 박스에서는 버려진 아이들이 울고 있다
소시민인 나는 수건 접듯이 다 접고라도
슬프고, 아프고, 괴로운, 이의 손을 잡아 주시라

밥값, 차값, 전세가도 비싸도 너무 비싸다
서민들은 점점 살기 힘든데, 윗물들은 뭐 하는가
말해 보라 귀 닫고 눈 닫고 뭐 하나
쾅! 쾅!

누구도 외면치 않고

불안에 떠는 자리에서
더는 잃어버릴 게 없는 자리에서
산 사람은 눈물을 쏟고 일어서서
다시 살아 내야 할 자리에서

언젠가 부서질 얼굴을 마주하며
비바람처럼 흐느입니다

벌거벗고 상처 가득한 자리에서
다시 살아나는 사람들이
우리에게 달려오게 하소서

누구도 외면치 않고
따스히 손잡고 놓지 말아 주소서

혁명을 꿈꾸는 사람

나는 혁명을 꿈꾸네
무혈혁명을 꿈꾸네
누구도 다치지 않고,
누구도 미워함이 없이
무능력한 지도자를 바꾸고
한심한 정부의 부정한 돈은 빈민가에 놓아 주고
무기력한 야당에게 우유를 먹여 말처럼 뛰게 하고
괴로워 일어나지 못하는 사람은
따스한 그늘에 뉘어 쉬게 하고
반지하 내 집을 기중기로 들어 올려
1층으로 끌어 올리는
혁명을 나는 꿈꾸네

세상에 정해진 게 어딨나
부자는 계속 부자로 살고,
빈자는 빈대처럼 슬프게 살고
이러란 법은 없다네

정해진 법칙이 없기에 예술이 있듯이

바꿀 것은 과감히 바꿔야 사람이네
이 쓸쓸한 길 위에서
보지 못한 것을 보고,
듣지 못한 것을 들으며
책을 읽으며 가네

바다를 털고 나오렴

누군가 승냥이처럼 길게 울다 사라진다
숱한 너희들이 쓰러지고, 대지가 상여처럼 흔들린다

언제나 새 사건이 헌 사건을 밀어냈다
푸른 뱀이 몸을 휘감다 나갈 뿐
시끄럽다가도 순식간에 잊혔다

이번에는 다르구나
잊어서는 안 되는 비극이 되었구나
너희들을 지켜 주지 못한 나와 어른들을
이 슬픈 뱀이 휘감고 놓질 않는구나
미안해서 심장이 태워지듯 아프고 아프구나
시간을 되돌려 너희들을 모두 구해 주고 싶구나

오늘 밤 불쌍한 모두를 데려다 잠재워야겠구나
거대한 팽이처럼 소용돌이치는 바람이 멈출 때까지
회오리바람이 그칠 때까지
추운 손들이 울부짖고
고무풍선처럼 터져 버리고

파랑새가 날아가 버리고

저물녘 푸른빛이 어른거리면

— 세월호 희생자들을 위하여

저물녘 푸른 빛이 창문에 어른거리면
사람이 그리워서 온 너희라 생각했다
거친 바람 소리는 너희 울음이라 여겼고
불길이 꺼져 가면 너희 꿈이라 여겼다
너희를 구하지 못한 미안함은
뱃전을 치는 천의 물결과
천의 촛불과
천의 태양으로 쏟아져도
말로 다 할 수가 없다

한 번도 본 적이 없으나 너희가 그립다
너희 슬픔을 꼬옥 안아 주고 싶다
함께 아파하는 마음이 남은 자의 몫이니
어려움 없이 다가오렴
시원스레 터뜨려 버리렴
너희 한탄, 너희 비탄
너희 꿈 포탄을
참담하도록 답답한
이 시간 위에

안국동에 빛이 흐느낀다

휘휘 바람 부는 안국동에 빛이 흐느낀다
주머니는 텅 비어 가는데 일이 손에 안 잡힌다
자기 죄를 살피지 않은 채 살다 가면 뭘하나
이토록 썩지 않았으면 촛불을 들지 않았다
수백만이 촛불을 켜야만 정신을 차린다면
국력이 얼마나 낭비인지 생각은 해 봤나

촛불들이 외치는 소리를 듣기는 하나
한탕주의 곰팡이가 쉽게 없어지지 않지만
제대로 될 때까지 촛불을 들 수밖에 없다
경고의 촛불을 켜는 거
촛불로, 횃불로 썩은 곳을 태우는 거
비리, 부패, 어리석은
죄악에 불지르려는 거

민심 촛불

가슴이 가슴을 찾고
국민이 나라를 바로 세우려는 외침을
뜨거운 촛불 대열 속에서 들었다
우리 삶은 사랑으로 이루어지며,
마음을 열 때 비로소 숨을 쉰다

공부는 너무 시키는데, 생각 없는 로봇을 만드는 교육
영혼에 대한 고민이 없으니 먹방만 널뛰는 티브이
책 안 읽고, 공부 안 하니, 고뇌가 없고,
괴로워하지 않아 염치 거울이 없다
현명함도 잃고, 죄의식과 수치감마저도
거북 등같이 딱딱해 보였다

어떻게 국민을 행복하게 할까
고민 않는 정치를 갈아엎겠다는 시민혁명
무엇을 더 움켜쥐고, 놓지 못하는가
은행나무도 가을이면 노란 잎을 떨구는데,
대통령만이 아니라 모든 정치인들이
더운 피만 찾는 진드기가 아니길 바란다

우리는 사람이지 않은가.
돈을 먼저 보는 이들로 더는 상처받기 싫다
내 어깨에 떨어진 노란 은행잎이 돈일 뿐이다
굶주린 자를 잊고, 밥을 나누지 않고,
욕심에 절면 돈은 그저 말라 바스러진 낙엽이다

지금은 우리가 함께한다는 것이 중요하다
함께하면 신성한 하늘에 가닿는다
민심 촛불은 태풍에도 꺼지지 않고
어떤 거짓말에도 지지 않는다

광화문은 빛을 향해 간다

해가 잘 굴러오게
문은 열어 놨어요
어쨌든 빛을 향해 갑니다

양심 거울 같은
광화문 광장이 따스해도
빨간 불의 기억은 키스로 남기고
희망의 구슬은 주머니에 넣고
일하고 책만 보고 싶어요

눈과 눈은 감고 이제 쉬시어요
여야, 모두 잘 되길 빌어요

5부
오래된 엄마의
방

오래된 엄마의 방

오래된 방은 헐릴 거네
내일이면
나무 기둥과 구들장은 들리고
아무것도 없는 길 위에
잊힌 사람들의 꿈과 슬픔이 흐려지네
잊힐 엄마의 이야기도
시냇물같이 흘러 내게 오네

잊히기 전에
엄마가 남긴 말과 기억을 담아
푸른 저녁 한 장의 시로 남겨둘 때

오래된 방에
바람 소리가 소용돌이치고
그 소리에 잊힌 사람이 쌓여 가네

이산가족을 찾는 긴 여행
— 엄마를 기리며

아슬아슬한 포탄꽃

엄마의 머리에 전쟁 때 포탄 스치고 간 상처는 아기 주먹만 했다 머리칼로 가린 곳 웅덩이처럼 살짝 파인 뼈, 희고 빤들빤들한 머리뼈 어린 날 그곳이 신기해 만지고 몰래 들여다보았다 조금만 깊이 패였으면 엄마도, 우리 형제도, 나도 없었겠다

아하, 인생은 아슬아슬하고 기묘해

엄마가 새알처럼 작아지셨다

병중일 때 엄마는 매일 작아지셨다
눈까지 멀어 가던 엄마는 작은 새알 같았다

새라도 되어 북녘 동생들을 돕겠단 엄마의 꿈
생사조차 몰라 대를 잇는 이산의 슬픔
엄마 손을 잃어버리면 어쩌나 할 만치
먼 엄마에게 가닿고 싶어 하늘을 휘젓는다

만질 수도 없는 엄마의 손
한반도처럼 흐느끼던 엄마 손

그 슬픈 돈뭉치

은행도 없던 시절 시골 약사셨던 엄마는
환자 고쳐 버신 돈을 늘 신문지에 싸서 두셨다
통일되면 외가 식구 나눠 주려고 모으셨다

돈은 때로 사람을 찌르는 흉기인데
나누려는 돈은 따스하고 말랑말랑했다

엄마 돌아가신 후 발견한
먼지 가득한, 그 슬픈 돈뭉치

더 보고 싶은 엄마

저녁 바람이 엄마 손길처럼 부드러워요
천국은 따스한가요
최고의 사랑은 곁을 지키는 것인데
못 해 드린 게 많아 늘 아쉽고 미안해요
하늘나라 가신 지 벌써 10년
꿈속에서조차 볼 수 없는 엄마

저녁 하늘 푸른 바람 속에서
엄마 이름을 나직이 불러 봅니다
대통령 부인 이름과 같아
뉴스에서 매일 들려
더 보고 싶은 엄마

김정숙

이산가족을 찾는 긴 여행 2

엄마의 동생들이 누군지 나는 모른다
엄마가 가족사진이 든 가방까지 도둑맞아 얼굴도 모른다
볕 좋은 의자에 앉아 볕 뜰 날을 애절히 기다린
엄마 세대의 아픈 얘기는 어린 날 문신처럼 새겨졌다

독립 자금 나르던 무명의 독립 군인 외할아버지가
일본인들에게 고문받고 처참하게 돌아가신 이야기나
대를 이어 천도교 신자였던 엄마 말년에
천도교 수운 회관을 모시고 다닌 일도
먼 메아리처럼 아득하다

전쟁 무경험자에 무신론자들에게 둘러싸인 세상에서
엄마의 거친 삶은 점점 딴 세상의 일만 같아
상봉 신청 세 번에 생사도 모른 채
그리움에 꽂혀 평생 닭꼬치 인생을 살다 가신 엄마
통일되면 외가 식구를 도우라는 엄마 유언은
오늘도 쓸쓸한 깃발처럼 휘날린다

오랫동안 상상만 했어 우리의 소원은 통일

볼륨을 올려 주세요
정말 오랜만에 듣는 가슴 아픈 동요예요
오랫동안 상상만 했어요 *우리의 소원은 통일*
촛농처럼 뜨겁고, 등대처럼 반가워요

요즘 친구들은 상상이나 할까요 *우리의 소원은 통일*
5. 18 광주 민주화 운동도 민주화 투쟁도 모르는데,
남쪽 동포들이 아득한 구렁이 넘나드는 삼팔선에
솜털만한 관심이나 가겠나요

망각은 우리의 습관이고 운명인데,
교육이 웅덩이에 빠지고 역사 공부도 흙탕물에 빠졌는데
자신과 상관없으면 무시하는 질병만 깊어 가는데
왜 질병인지 묻지 않으니 질병인지도 모르고
서랍 속 깊이 넣어 둔 편지처럼
안 보면 잊히는 서러운 역사인걸

역사로부터 우리는 얼마나 멀리 사는지요
살고 살아 내기 위해 매일 몸은 죽어 가니 이해는 해요

그래도 알려 들지 않고, 잊는 순간 스스로 휴지처럼
별 볼 일 없는 인간이 되는 줄 모르고
적당한 구실을 찾아 비눗물처럼
스르르 빠져나가는 건 아닐까요 *우리의 소원은 통일*

당신과 나는 이미 죽은 건 아닐까요
우리의 소원은 통일

북녘 하늘 우체통*

북녘 하늘 우체통을
살짝 흔들어 보고 싶었어요
하늘나라 엄마 편지도 있을까 하고요

나물 캐러 가서 흰 꿩 알 줍던
엄마 열 살 때 이야기
엄마 고향 땅 선천 이야기를 기억해요
엄마가 목메게 그리워하던
북녘 외가 식구에게 전하는 편지

엄마 가신 지 10년
북녘 하늘 우체통에서
꿩 알 같은 눈물이 흘러나와요
잘 살아라 잘 살아라
엄마의 기도 소리가 울려요
기차 소리보다
애달프고 그립게

* 철원역 플랫폼에 놓인 우체통 이름.

에필로그

내일 역을 지나
치기 전에

내일 역을 지나치기 전에

빙글빙글 도는 심장이 아파
빙글빙글 도는 눈도 아파
매연이 거미처럼 입으로 기어들기 일쑤고
광화문에서 장애인과 전경이 대치해 있고
대통령이 책임지란 피켓과 깃발이 하늘을 휘저었다
저녁인데도 식당과 카페는 텅 비었다
나무 한 그루 심지 못한 부끄러운 날

어제인 내일 역을 지나칠 뻔했어
이렇게 혼자 멀리 온 건 처음이야
팽이처럼 돌던 심장도 쉬어 가고
눈도 천천히 맑은 바다색이 되고 있어
먼저 간 줄 알았어 같이 갈 수 있어 고마워
늘 혼자 쓸쓸했거든 점점 나무가 울창해져
더 많이 책 보고, 더 많이 배우고 싶어
응 어때? 들판에서 만나
개처럼 뛰어다니자
내일 역을 지나치기 전에

어떤 내일

내일은 아무도 자살하지 않는다
내일은 아무도 배고프지 않는다
내일은 힘겨운 일 찾기도 없고
누구든 고된 일로 울지 않는다
삽과 펜도 물고기처럼 숨을 쉬고
내일은 에어컨 수리 기사가
난간에서 추락하지 않는다
내일은 자폭 테러와 어떤 총소리도 들리지 않는다
내일은 야채 장사 할머니도 점포를 얻을 것이다
내일은 외로워 떠는 이를 껴안아 줄 것이다

잃어버린 죄의식의 안경알을 되찾아
가슴을 치며 반성하는 이들도 있고
달라지지 않을 거라 여기는 내일만큼은
죽음이 쌓여 만든 내일만큼은
없을지도 모를
내일만큼은

거울 알

좋은 집에서 살기를 더는 꿈꾸지 않는다
욕조에서 글 쓴 나보코프
부엌에서 글 쓴 하루키
쫓기면서 시 쓴 아흐마토바
창녀촌 아랫방서 글 쓴 마르케스
거울을 가진 그들에게 위안을 갖는다
반지하 방에 살아도
거울 알이 있기 때문이다

문제도 문제 삼지 않으면 문제가 아니고
슬픔도 슬픔 너머를 보면 슬픔이 아니다
텅 빈 주머니가 쓸쓸하고
힘이 없어도 따스하다
끝없이 다시 일어서게 하는
거울 알

코끼리가 되기 전에

곁을 떠나고 싶지 않은 사람처럼
떠나고 싶지 않은 자리가 있다
지금 여기, 불빛 비치는 진흙, 흐느끼는 땅

코끼리는 발로 얘기한대
발이 민감한가 봐
신기롭도록 아름다운 눈을
맨발로 밟는다
눈이 아니라 조약돌임을 천천히 음미하고

세월은 내 발을 코끼리 발처럼 두툼하게 만들었다
땅을 어루만지는 발
느리게 춤추는 발
속삭이는 발
너도 코끼리가 되기 전에 할 일은
살아있음에 고마워하기
바람 부는 땅에 입맞춤하기

안부 인사

잘 살고 계시죠
잘 사니까 연락을 안 하시겠죠
흙더미에 발이 빠지고 힘드셨다면 미안해요
흔들리는 침대처럼
불안은 늘 새로워요
다들 먹이 버는 것만으로 벅차고
울 수도 없어서 슬프고
죽을 수도 없어서 날고 싶어해요
날개는 날지 못하여
무거운 돌 날개를 지고 삽니다
무덤 속에서 해를 꺼내 살고 싶어
몸부림치는 인생이니
쓸쓸해 마시고,
건강하고 잘 지내세요

햇살 설탕

어딜 가도, 누구를 만나도
돌아오는 길에 혼자뿐이구나 쓸쓸해했다
해 지는 분홍빛 하늘 보면 가슴이 아팠다
바람 빠진 풍선처럼 스러지는 나날

뭔가 끄적거리지 않고는 그날은 어디에도 없었다
햇살만큼 당신이 그립다고 손 편지를 썼다
더는 외로울 틈이 없다고
인생의 실이 짧은 줄 이제 뼈아프게 느낀다고

어느 날 맛나게 못 먹을 때를 생각하며
밥알이 하얀 꽃잎인 듯 천천히 씹었고
어느 날 안을 수 없을 때를 떠올리며
푸른 기타인 듯 당신을 안고 싶었다

당신이 곁에 없어도 당신을 느낀다고 쓰니
식탁으로 햇살 설탕이 쏟아졌다
아무도 없어도 나 혼자가 아니었다

자꾸 창을 열어 보라고 바람이 불었다

당신 생각하는 힘으로

배가 고프면 밥 지어 먹고
쓸쓸해지면 달무리에 감싸인 달처럼
당신 팔에 휩싸여
깊은 잠을 자리

가슴의 갈대밭에 달아오르는
당신 심장 그 아늑한 노을을 느끼며
함께 있는 것에 새삼 놀라리

가슴 속으로 산비둘기 한 마리 날아오면
밤새도록 눈이 내린 길을 보며
나는 일어나 다시 살리

당신 생각하는 힘으로

운주사 연인

신현림, 「Apple, Flying-Apple's Travel 2, Unjusa, Korea」, Inkjet Print, 2016.

와불은 둘이어서 외롭지 않아라
둘이 누워 하늘을 우러르고
둘이 안겨 아름다움 새기고
생의 신비함을 찾아라

돌 속에 핀 꽃
돌 속에 핀 사랑

저 멀리 천년 사랑 꿈꾸는
천불천탑이 아름다워 눈물이 흘러라

눈물과 온 시름 지우는 산바람에
잠시 내 쓸쓸한 길 따스해라

돌 속에 핀 꽃
돌 속의 사랑

사과, 날다

신현림, 「Apple, Flying Apple's Travel, Itzhakdo, Korea」, Inkjet Print, 2016.

산다는 게 움켜쥐는 일인 줄 알고
수많은 주머니를 만들지만
마음조차도 쉽게 움켜쥐지 않았다

내가 누구인지 몰라 묻던 그 많은 질문은
사랑하는 사람으로 살겠다는 깨달음이며
내 가진 것 하나씩 누군가에게 돌려주는 일이며
그 많던 헤맴은 신께 돌아가는 길이었다

사과를 던지며 날아오르는 내 마음
사과와 함께 날아가 주는 당신 마음
하늘과 땅을 잇고 손과 손으로 이어

보이는 것만 믿는 이들로 가득한 세상에서
보이지 않는 신을 향해 간다
기꺼이 사랑 속으로 간다

현실에 응전하는 도발적 상상력

김순아(시인·문학평론가)

1 경계의 문턱을 넘어서는 시의 눈

신현림의 시는 쉬지 않고 움직인다. 1990년대 초, 여성의 성(性)이라는 제2의 언어로 세상을 향해 첫 목소리를 냈던 신현림은 당대의 기대 지평선에서 볼 때, 제도권적 여성 담론을 뒤흔든 가장 전위적인 여성 시인이었다. 그러나 시인 신현림은 그 시대에 머무르지 않았다. 첫 시집 『지루한 세상에 불타는 구두를 던져라』 이후 『세기말 블루스』, 『해질녘에 아픈 사람』, 『침대를 타고 달렸어』를 펴내는 동안에도 시인은 늘 세계를 새롭게 해석하고 미적 지평을 갱신해 왔다. 이번 시집 『반지하 앨리스』 역시 마찬가지다. 시인이 "변화한다는 것은 원숙해진다는 것이며, 원숙해진다는 것은 무한정 자신을 창조한다는 것이다"라고 베르그송을 인용할 때, 이것은 일종의 시론(詩論)처럼 읽힌다.

그녀의 시는 늘 다르고, 그래서 낯설다. 새로운 세계를 마주한 시인은 둥지를 벗어나 다른 곳으로 굴러가는 알처럼 대상에 따라 이미지를 만들어 낸다. 아궁이, 어항, 새알 등 이 시집을 지배하는 '둥근' 형상들에는 이전 시들에서 보이던 여성의 몸이나 섹슈얼리티의 이미지가 두드러지지 않는다. 대신 존재의 본성, 타자와 만나는 시간, 자본 권력, 신이라는 절대 타자, 사회 정치의 중심, 잊혀진 역사 등 다양한 문제의식을 담은 주제들이 다채로운 빛깔로 변주된다. 이 가운데 가장 흥미로운 「눈보라가 퍼붓는 방」을 읽어 본다.

눈보라는 방에도 퍼부었다
몸까지 들어찬 눈보라를 토하였다
자식과 살아남기 위해 필사적으로 눈을 밀어냈다
눈보라는 자세히 볼수록 흉기였다
눈보라에 베이고 파묻혀도 나는 타오르고 싶었다

(중략)

눈보라를 설탕이라고 쓰자 달콤해지기 시작했다
힘들다 씀으로서 나는 조금씩 마음이 편해졌다

(중략)

눈을 감으면 나 자신이 풍경으로 보였다
눈보라를 멀리 보기 시작했다
눈보라 속에서
해가 펄펄 끓고 있다

ㅡ「눈보라가 퍼붓는 방」에서

이 시의 다양한 이미지들은 해석자를 당혹스럽게 한다.
우선 "눈보라가 퍼붓는 방"에서 상기할 수 있는 것은 '차갑
다'라는 의미소와 결합된 따뜻함(타오름)의 자질이다. 따뜻
함은 눈보라가 상기시키는 차가움과 모순된다. '눈보라 속
에서 펄펄 끓는 해' 또한 차가움과 열의 복합체다. 이때 부
각되는 것은 이 복합체가 환기하는 초현실주의 회화 같은
감성이다. 흉기 같은 눈보라에 베일 때 연상되는 피, 파묻
힐 때의 어둠, 눈보라 속에서 끓는 불꽃의 희면서도 붉고,
차가우면서도 뜨거운 언어가 만든 아찔하고 선명한 색감,
여기에 동반된 달콤하고 부드러운 미감은 우리를 아득하
고 몽환적 시공간으로 끌어들인다. 시간의 측면에서는 '토
해 내던', "현미경으로 보"던, "설탕이라고 쓰"는, "해가 펄
펄 끓고 있"는 등 과거와 현재와 미래가 하나로 종합된다.

나의 몸은 어떤가. 눈보라가 들어찬 몸은 인간의 '살'이
지니는 부드러움과 눈보라에 얼어 가는 딱딱함이 은유의

차원에서 결합되고, 부드러운 살의 따스함과 딱딱한 살의 차가움은 눈(眼/雪)과 연결돼 다양한 체험이 침전된 살아 있는 몸을 환기한다. 눈을 뜬 나는 자식과 살아남기 위해 눈보라를 토하고 밀어내며 사투를 벌이고, 눈을 감은 나는 하나의 풍경으로 물러나 눈보라 속에서 펄펄 끓는 해처럼 뜨거운 열정을 지닌 이미지로 전환된다. 여기서 '쓰는 힘'이 부각된다. 흉기처럼 나를 베고 파묻는 현실을 "설탕이라고 쓰고", "빛이 보인다고 씀"으로써, 나는 조금씩 안정감을 회복하고, 자신을 들여다보는 여유를 되찾게 된다. 이때 눈보라는 부정적인 의미로만 다가오지 않는다. 모든 곳에 퍼붓는 눈보라는 안과 밖, 생과 사를 연결하며 경계를 무화시킨다. 결국 '보이는 것' 중심의 질서는 해체되고, 차이의 속성은 유지하되 경계는 모호해진다. 이렇게 자신을 지워 나가는 것은 현실 논리에 대한 전복적 상상에서 비롯된 것일 터이다. 그러나 결코 막연한 상상에서 출발하지는 않았을 것이다.

> 토끼 굴에 빠져든 백 년 전의 앨리스와
> 돈에 쫓겨 반지하로 꺼져 든 앨리스들과 만났다
>
> 생의 반이 다 묻힌 반지하 인생의 나는
> 생의 반을 꽃피우는 이들을 만나 목련 차를 마셨다
> ──「반지하 앨리스」에서

시에서 확인할 수 있듯이 화자의 일상 공간은 "반지하"이다. 이 공간에서의 체험은 시인이 "반"쪽 감수성을 지니게 하는 요인이 된다. 삶의 이면인 죽음, 현실 저편의 비현실, 보이는 저 너머의 보이지 않는 것들. 루이스 캐럴이 쓴 동화 『이상한 나라의 앨리스』는 시인에게 그 낯선 세계로 가는 문을 제공한 것으로 보인다. 삶과 죽음, 과거와 현재, 영원과 순간이 겹겹이 포개어진, 그 낯선 시공간 속으로 들어간 시인은 "토끼 굴에 빠져든 백 년 전의 앨리스"를 만나고, "돈에 쫓겨 반지하로 꺼져든 앨리스들"을 만난다. 그 과정에서 시의 대상인 앨리스들과 시적 주체인 시인이 서로 겹치기도 한다. 자신과 똑같지도 다르지도 않은 앨리스들과 만나고 겹치면서 시인은 또 다른 나를 경험하고, 다른 나를 경험함으로써 새로운 주체가 된다. 쫓고 쫓기고, 꺼져 들고 흐르고, 만나고 꽃피우고 마시는 불연속적 시간성은 반지하를 새로운 차원의 세계로 열리게 한다. 그 세계는 우리 눈으로는 볼 수 없는, 시인의 반쪽 '안'의 세계이다. 이 '텅 빈 실재'를 언어의 층위로 열어 보임으로써 시인은 '보이는 것', 혹은 자본(돈)의 허구성을 벗겨 내려 한다.

2 혁명 완수를 위한 자기와의 승부

굳어진 일상의 상징들을 깨부수려 하는 시인은 혀끝에 고인 언어를 과감히 내뱉으면서 문제의 시정을 요구하고 혁명을 외친다. 불온 위에서 싹트는 혁명은 강한 통증과 함께 피를 부르기 마련이다. 하지만 시인은 피 흘리는 혁명을 원하지 않는다.

윗물이 말하길 "너희는 떠들어라. 우리는 한탕 치고 갈 테니……"

윗물이 말하길 "너희는 눈감아라. 우리는 두 탕도 치고 갈 테니……"

윗물이 당신들이면 바라보라

가난한 아이들이 밥을 굶고

베이비박스에서는 버려진 아이들이 울고 있다

(중략)

말해 보라 귀 닫고 눈 닫고 뭐 하나

쾅! 쾅!

─「내 마음은 혁명 중」에서

위 시의 "윗물"은 우리 사회의 상위 질서, 즉 '윗물과 아랫물', '주체와 대상'으로 이분화하여 이것을 위해 저것을 은폐해야 한다는 식의 독단을 휘두르는 자라고 할 수 있다. "너희는 떠들어라. 우리는 한탕 치고 갈 테니……", "너희는 눈감아라. 우리는 두 탕도 치고 갈 테니……"라는 구절에서 이 시대 윗물의 독선과 위선적 태도가 그대로 드러난다. 그렇다면 이 윗물이 과연 누구일까? 시인은 그 실체를 구체적으로 제시하지 않지만, "윗물이 당신들이면"이라는 가정을 통해 누구나 윗물이 될 수 있음을 암시한다. 우리는 대개 상위 질서가 욕망하는 것을 욕망한다. 이 사회가 요구하는 우월한 지위, 강한 권력을 원하고, 그것을 소유하기 위해 타인을 짓밟고 때론 무관심으로 그 폭력에 동조한다. 사실 이것이 "아이들이 밥을 굶고/ 베이비 박스에서는 버려진 아이들이 울고 있"는 이 세계의 비참을 양산하는 원인 아닌가. 버려진 아이들의 불행은 우리 모두가 만들어 낸 불행이며, 개인의 힘만으로는 해결하기 어렵다. 시인이 "쾅! 쾅!" 가슴을 치는 이유는 바로 그 때문이다. 여전히 강고한 이원론적 사유가 우리 삶을 깨알처럼 쪼개 놓은 상황에서, 혼자만으로는 어찌할 수 없는 답답함으로 자신을 제물로 내어놓듯 가슴 치며 묻고 있는 것이다. 당신이라면 이 문제를 어떻게 해결할 것인가 "말해 보라"고. 이러한 시인의 시정신은 정치 혁명을 수행할 때도 어느 한쪽을 지향하지 않는다.

무능력한 지도자를 바꾸고
한심한 정부의 부정한 돈은 빈민가에 놓아 주고
무기력한 야당에게 우유를 먹여 말처럼 뛰게 하고
(중략)
혁명을 나는 꿈꾸네

(중략)

어떻게 국민을 행복하게 할까
고민 않는 정치를 갈아엎겠다는 시민혁명

─「혁명을 꿈꾸는 사람」에서

시인이 말하는 「혁명을 꿈꾸는 사람」은 '여/야', '좌/우'
이원론적 사유로 조직화되고 사유(私有)화된 정치 체계에
저항하는 "불"길이자, 그 체계에 억눌린 힘없는 민(民)들의
마음을 대변하는 상관물이다. 여기에는 남보다 우월한 힘,
사회 권력을 획득하기 위한 것이 아닌, 시민들의 주체성을
억압하고 시민들을 정치적 수단으로 여기는 지도자, 그런
정부를 "갈아엎겠다"는 뜨거운 의지가 깃들어 있다. 그러
나 결코 모든 질서를 파괴하려는 것은 아니며, 전체 통합을
주장하는 것도 아니다. 민주 사회에서 만장일치란 애초부
터 불가능한 일. 시인은 다만 역사의 중심에서 소외된 "빈
민가", "반지하" 생활자들의 삶이 제가끔 따스한 불빛을 발

하며 자유로워지는, 서로 다른 차이들이 살아서 숨 쉬는 탈 중심의 세계를 희망한다. 무능력하고, 무기력한 정부와 야당은 "국민을 행복하게 할까/ 고민 않"으니 그 정치를 갈아엎겠다는 주인 의식으로 역사적 현실을 시의 무대에 끌어들이고 있는 것이다. 혁명은 단순한 외침으로 완수할 수 없고 자기로부터의 혁명을 동반해야 하기에, 시인은 시민들로부터 떠나와 조용히 시(詩)로서 자기 혁명을 시도한다. 그 제물로 만들어진 시 한 편을 들고 시인은 다시 시민들을 만나려고 한다. '니 편, 내 편 나뉘고 줄을 서 공정한 정의의 깃발이 펄럭이지 않는'(「맨홀 뚜껑을 열고 나오다」) 세상을 향해 시로써 허구적 진실을 말하고, 여기에 대한 새로운 인식의 기회를 제공하려는 것이다.

3 생의 진정성을 찾기 위한 투쟁

이러한 인식은 신이라는 절대 타자에 대한 고민으로 이어진다.

> 사과를 던지며 날아오르는 내 마음
> 사과와 함께 날아가 주는 당신 마음
> 하늘과 땅을 잇고 손과 손으로 이어
> —「사과, 날다」에서

위 시들에 등장하는 "사과"는 기독교의 교범이 되는 예수의 얼굴을 떠올리게 한다. 예수의 얼굴은 '(정)신성'을 중심으로 세계를 코드화하고, 그것에 기초하여 상징 질서를 만들어 냈다. 상징적 질서는 '예수'로 대표되는 '백인', '남성', '어른' 중심의 권력 구조를 만들었고, '유색인', '여성', '아이'를 비롯하여 그 기준에 배치되는 무수한 소수자들을 양산해 냈다. 상징계의 권위는 그렇게 탄생했고, 위계질서와 소유 개념은 그렇게 견고해졌다. 시인은 거기서 연원한 진리를 의심한다. 시인이 "사과를 던지며 날아오르는 내 마음"을 말할 때, 이것은 '사과의 역사'와 '상징계 질서'를 버림으로써 얻는 자유, 그런 사랑을 의미한다고 할 수 있다. 어떤 소유욕도 지배력도 행사하지 않는, 내가 가진 것 중에서 하나씩 누군가에게 나눠줌으로써 자유롭게 나누는 사랑. 그것을 시인은 "손"이라는 상관물로 구체화하여 보여준다.

신체의 일부인 손은 그 자체로는 정체성을 알 수 없고, 누구의 감정이나 관념을 실현한다고 볼 수 없는 개체이다. 시인은 이 손을 시에 끌어들여 우리의 시각(觀)으로 확인할 수 없는 낯선 영역을 열어 보인다. "하늘과 땅을 잇고 손과 손으로 이어" 가는 세계는 실재가 아닌 시인 '안'의 세계로서, 위와 아래 나와 너를 구분 짓는 경계선이 존재하지 않는다. 여기서 움직이는 것은 전체가 아닌 부분 대상(손)이며, 진실(진리)은 이 대상의 잇고 이어 가는 움직임과

행위로 말해진다. 이 존재가 시인의 또 다른 자아라면, 시인이 꿈꾸는 세계는 들뢰즈가 말한 기관 없는 몸, 혹은 노장적 도(道)라고 말 할 수 있을 것이다. 유기체라 불리기 이전의 부분 개체, 하나의 알(胎) 혹은 생명 자체를 지칭하는 '기관 없는 몸'은 우리의 욕망이 들끓는 '내재성의 장(내면)'이라고도 일컫는데, 이곳은 인간의 관(觀)에 의해 분별되거나 차별되기 이전의 존재 본성을 말하는 도(道)의 지대와 같다(『천개의 고원』). 그 안이* 복잡하게 얽혀서 끊임없이 변화하기에 언어로 규정할 수 없는, 혹은 일체의 인위적인 의식이 개입되지 않은 상태(無爲)에서 자신의 행위를 스스로(自然) 결정하는 존재(道)는 상징 질서가 추구하는 불변의 이데아(관념)가 되려고 하지 않는다.

다른 것과 이어짐으로써 늘 달라지고 달라짐으로써 진정한 주체가 되려고 한다. 그 길(道)이 곧 시인이 꿈꾸는 삶이다. 그래서 강조되는 것이 "사과를 던지며 날아오르는 내 마음", 다른 것들을 잇고 이어 가는 손의 행위이다. 말하자면, 사과를 상징하는 소유 개념을 벗어던질 때, 자아의 관념을 비운 몸으로 타자에게 다가갈 때 진정한 사랑도 삶의 변화도 가능해진다는 의미이다. 이것을 손으로 말하는 시인은 필히 다른 곳을 가리키는 자이자, 타자의 언어를

---

* 질 들뢰즈, 펠릭스 가타리, 김재인 옮김, 『천개의 고원』(새물결, 2001), 300쪽.

대변하는 자로서, 누구를 이해한다는 말도 쉽게 하지 않는
다. "네가 나를 이해 못하고/ 내가 너를 이해할 수 없"듯이
(「나는 자살하지 않았다」), 누구도 타자를 완전히 이해할 수
는 없다. 이해한다는 말(언어)에 대상을 자기중심으로 파악
(把握)하려는 인간의 시선이 얼마나 강한 힘을 발휘하고 있
는가. 시인이 살과 뼈를 소환할 때는 이미 그 인간관에 길
들여지지 않겠다는 의지가 내포돼 있다.

    옷을 벗겨 봐

    원하는 것을 찾아 봐

    여기 살이 있어 뼈가 있어

    (중략)

    그저 장작이야 그저 무너질 집

    나는 나만이 아님을 깨닫게

    비좁은 우물 속에서 나를 꺼내 줘

    절망의 이 옷을 벗겨 줘

    무력감에 찌든 살과 뼈를 태워 줘

    물고기처럼 바다 위로 솟아올라

    다시 펄펄 살아나

    살

    아

    서

하늘 끝까지 튀어 오르게

　　　　　　　　　　—「절망의 옷을 벗겨 줘」에서

"옷"은 남성적 질서가 부여한 제약이다. 여성을 여성적이
게 혹은 남성을 남성적이게 꾸며 내는 것이 바로 옷이다.
옷을 "비좁은 우물"로 보는 것은 옷이라는 사물에 남성적
이데올로기, 통제의 작동 방식이 깊이 배어 있다는 발상에
서 기인한다. 이 이데올로기를 걷어 내는 것은 생의 진정성
을 찾기 위해 반드시 필요한 일이며, 그러니 "살"과 "뼈"의
소환은 자연스러운 일이다. 통제의 원초적 금기, 문명화 과
정에서 규정된 제도는 모두 남성의 논리에 의해 재편된 허
구이다. 이 허구의 폭력에 맞서는 방법은 금기 이전의 상태
로 되돌아가 잘못된 금기를 다시 세우는 일밖에 없다. 그
것이 바로 금기를 찢고 부수는 원초적 욕망, 인간의 의식으
로 통제할 수 없는 무의식 아니겠는가. "옷을 벗겨 봐/ 원
하는 것을 찾아 봐"라고 말하는 나의 목소리는 아직 의식
화되지 못한 시인 '안'의 목소리이자, 인간(Man)이 금기·삭
제한 실체 '없는 존재'의 목소리로서, 이성에 근거한 기존
질서를 전복하려 한다. 그래서 문장은 자아의 의도를 드러
내는 목적의식이 생략된다. ― 어, ― 야, ― 게 등으로 분절
되는 어미, 혹은 1, 2연의 관계는 인과율적 원리 이상의 차
원에서 형성된다. 뼈, 장작, 배, 집으로 이어지는 문장 또한
연상의 차원에서 전개된다. 이런 탈인과율적 연쇄 작용은

'살/ 아/ 서/ 하늘 끝까지 튀어 오르는 물고기'의 형상을 통해 우물 혹은 옷에 갇힌 물고기, 살과 뼈의 의미를 재사유하게 한다. 이러한 방식으로 '언어'와 '몸'의 의미를 동시에 전복하는 것은 생의 본래성과 진정성을 찾기 위한 지난한 투쟁을 상징한다고 할 것이다.

4 극지에서 구르는 생명의 알

어쩜 이리도 희고 따스할까
과거에서 흘러나온 꿈인지
커다랗게 부풀었구나
고구려나 신라 시대가 아니라서
알에서 사람이 태어나지 않지만
알은 매끈매끈한 사람의 피부야

이 무서운 세상에 그 얇은 껍질은 위험해
모피 알 정도는 돼야 안 다치지
알 속의 시간들이 흩어지지 않게

—「알을 굴리며 간다」에서

위 시의 "알"은 이 시집 전체를 관통하는 핵심적 사유를 집약해 보여 준다. '부드러운' 액체와 '딱딱한' 껍데기를 동시에 지닌 알은 생명체의 일부인 동시에 전체이며, 처음부터 생명과 물질이라는 이질적 차이를 안고 있는 차이체(體)다. 또한 그 자체로 충만한 가능성을 가진 잠재태(胎)이기도 하다. 이러한 알은 유(有)와 무(無)가 처음부터 뒤섞여 끝없이 이어지는 존재 본성으로서의 도(道)와 같다. 자신의 존재와 행위를 스스로 결정하며(道行之而成, 장자), 그 밖의 다른 규칙을 따르지 않는(無爲自然, 노자) 삶의 길(道). 이러한 인식이 담겨 있는 시를 하나로 뜻매김하기는 어렵다. 희고 따스한 알에서 상기할 수 있는 것은 '희다'라는 의미소와 결합되는 따스함의 자질이다. 따스함은 껍질이 연상시키는 딱딱함과 모순된다. 이러한 모순, 즉 부정(딱딱함)과 긍정(따스함)을 동시에 안고 있는 알은 '커다랗게 부풀어 오르는'과 연결되어 새롭게 변화할 가능성으로 이어진다. 부풀어 오른 "알"은 부푸는 "꿈"과 중첩되고, 그것은 다시 '매끈매끈한 사람의 피부, 여자 몸, 얇은 껍질'로 이어져 그 무엇으로 생성될 "알"로 전환되는 것이다. 이때 "알 속의 시간"은 흘러온 과거와 굴러갈 미래가 선취(先取)되어 있는 열린 현재이다. 이 시간성을 통해 시인은 알이 "흩어지지 않고" 굴러갈 길을 열어 보인다.

    창을 열어둔 채로
    나도 눕는다

일어나기 싫어, 밥도 먹기 싫어

고요히 누워 있으면

바람이 내게로 쏟아져 온다

잃어버린 꿈이 되살아난다

거리에 알들이 천천히 굴러다닌다

　　　　　　　　　　　　—「바람 부는 날」에서

　고요히 누워 있는 몸. 거리에 천천히 굴러다니는 알. 생
과 사, 절망과 희망이 포개어진 꿈의 풍경들. 이 풍경 속에
놓인 그녀는 지금 한없이 아프고(廢), 가볍다(虛). 그 가벼
운 몸을 '쏟아져 온 바람'이 실어 나른다. 거리에 굴러다니
기 전, 이 알은 시인의 알(몸)이었다. 절망과 상처를 감싸거
나 위장하지 않고 세상을 향해 던져 놓은 시인의 '알(몸)'.
이 투신 의지가 시인이 살아가는 삶의 방식일 것이다. 거리
의 알은 바람에 구르며 또 다른 무엇을 생산하거나, 무엇으
로 생성될 것이다. 그것이 무엇인지는 크게 상관없다. 중요
한 것은 "알" 속에 다른 생이 깃들어 있다는 것. 어쩌면 시
인은 산다는 것이 다른 누군가에게 자신을 내어 주는 일
이 아닐까, 묻고 있는지도 모른다.

　이 시집의 '둥근' 형상들은 그 물음의 과정에서 만들어
진 심상일 것이다. 한 생이 극단으로 치달으면 죽음과 만
나고, 또 다른 생과도 만난다. '희망과 절망', '자아와 타자',

'의식과 무의식' 등등 모든 것이 그러하다. 그러니 "슬픔도 슬픔 너머를 보면 슬픔이 아"(「거울 알」)닌 것이 된다. 시인에게 죽음은 결코 두려움의 대상이 아니다. 살아 있는 모든 순간 죽음을 경험하는 시인은 시에서도 자아의 관(觀)을 관(棺)에 넣어 새로운 의미를 생성한다. 그럼에도 불구하고 "나는 자살하지 않았다"는 진술은 삶 또한 그만큼 매혹적임을 역설하는 것이리라. 『반지하 앨리스』는 절망과 희망이 한 덩어리이듯이 삶과 죽음도 한 덩어리이며, 그 모두를 통째로 껴안아 새로운 가치로 전환할 힘이 우리 '안'에 있다는 사실을 타전하고 있는 것이다. 부디 시인의 시 알들이 조심스레 굴러가 독자들의 큰 사랑 속에서 새롭게 부화하고 비상하기를……!

지은이 신현림

경기 의왕에서 태어났다. 아주대학교 국어국문학과를 졸업하고, 상
명대학교 예술 디자인 대학원에서 비주얼아트 석사 학위를 받았다.
《현대시학》으로 등단했으며 시집으로 『지루한 세상에 불타는 구두
를 던져라』, 『세기말 블루스』, 『해질녘에 아픈 사람』, 『침대를 타고
달렸어』가 있다. 『나의 아름다운 창』과 『신현림의 미술관에서 읽은
시』, 『만나라, 사랑할 시간이 없다』 등 다수의 에세이집과 세계 시 모
음집 『딸아, 외로울 때는 시를 읽으렴』, 『시가 나를 안아준다』 등이
있다. 동시집 『초코 파이 자전거』의 「방귀」가 초등 교과서에 실렸
다. 세 번째 사진전 '사과밭 사진관'으로 2012년 울산 국제 사진 페스
티벌 한국 대표 작가로 선정되었다.

반지하 앨리스

1판 1쇄 펴냄 2017년 7월 21일
1판 3쇄 펴냄 2019년 7월 1일

지은이 신현림
발행인 박근섭, 박상준
펴낸곳 (주)민음사

출판등록 1966. 5.19. (제16-490호)
서울특별시 강남구 도산대로1길 62(신사동)
강남출판문화센터 5층 (06027)
대표전화 02-515-2000 / 팩시밀리 02-515-2007
www.minumsa.com

ISBN 978-89-374-0857-1 04810
    978-89-374-0802-1 (세트)

민음의 시
목록